언제나 다가서는 질문같이

언제나 다가서는 질문같이

김명수 시집

창비

차
례

제1부

제2부

제 1 부

현(弦)

오얏꽃은 오얏꽃이 되고 싶었지만
오얏꽃은 자두가 되었습니다

자두는 자두가 되고 싶었지만
자두는 자두나무 되었습니다

자두나무는 자두나무 되고 싶었지만
자두나무는 오얏꽃을 피웠습니다

기차가 철길로 달려갑니다

철둑 가 과수원, 자두밭 과수원에
자두꽃이 하얗게 피었습니다

봄이라네요
봄이랍니다

오얏은 자두의 옛말입니다
자두는 오얏의 요즘 말이지요

축(軸)

산자락 한곳
불타는 곳
스스로 저으기
굽어보며

때는 한철
메마른
봄날
아지랑이 산벚꽃
피어올라

내 사는 땅
무심한
쉼 없는 지구

탄환

꽃, 향기
바다
피 냄새, 갈매기
나는 수평선 너머로 가고 싶소
빗줄기 속에
흘러내리는 내 절망
고독을 보시오
눈 쌓인 봄에 핀
복수초
복수초 꽃잎처럼
나는 태어났소
복수초 꽃잎은 겨울을 모르고
복수초 꽃잎은 봄을 모르고
나는 피에서 태어났소
납처럼 무거운 침묵의 밤이었소
무표정의 낮이었소
피는 내 어머니
피에서는 바다 냄새
무표정을 넘어

침묵을 넘어
나는 흰 구름,
흰 구름 너머로
가고 싶소

초대

생시!

태어나는 시간

자거나 취하지 않고
깨어 있을 때

살아 있는 동안
살아나는 동안

밤이
흐린 밤이
별들을 불러
찾아오는 시간

국립묘지에 묻힌 친구들이
훈장 따위를 팽개치고

찾아왔다

찾아와 말했다

"너를 위한 죽음
하나의 죽음
나에게는 두개의 죽음이 있었다
거짓된 죽음!"

그를 위한 자장가
별들의 자장가가
내 귀에 어렸다

소속

해 지는 저녁 들판
까마귀 울어

까오, 까오 까마귀
까마귀 소리

어느 편 어느 쪽에
속하지 않는

하늘과 땅에도
소속하지 않는

까마귀 것도 아닌
까마귀 소리

노을을 향해

물잠자리가 있었습니다
돌잠자리가 있었습니다
이슬잠자리가 있었습니다
개미잠자리가 있었습니다

당신이 또 말해줘요
나비잠자리라고
물고기잠자리라고
기린잠자리라고
그리고 또

당신이 말해줘요
무수한 공중
무수한 별
노을을 향해
노을을 향해

허공의 입장

오늘 서울 하늘 맑은 가을날

은행나무 가로수 은행 열매들
떨어져 여기저기 발에 밟히는

아파트 단지 안 학교 운동장
토요일 수업 없는 운동장에서

충청도 어느 군민 재경향우회
크게 들려오는 확성기 소리

"저기 할머니 이리 나오세요
손자까지 데려오신 파란 쉐타 할머니
노래 한번 부르세요 상품 드릴게요"

들려오는 노랫소리 유행가 소리
허공 따라 잦아지는 유행가 소리

바다 건너 이웃 나라 아소산(阿蘇山) 머리

분화구 분화 터져 솟구친 연기

하늘 높이 치솟아 흩어진 연기
구름처럼 흘러가는 아소산 연기

노랫소리 화산 연기 함께 스미는
세계의 한 모서리 아스라한 허공

서기 2016년 10월 8일
멀고 가까운, 아세아 허공

아이와 강

어둔 밤
고속도로
장의버스 안

차들이 밀리는
고속도로 위

노모를 묻고
돌아오던 슬픔 때

그때
오래
오래 떠오르던

흰 백사장
물새 발자국

말간 조약돌
반짝이던

물결

어머니도, 어머니도
그 물결을 떠올리세요

강 언덕
포플러
연둣빛 새잎……

거대한 혹

뭉툭하고
불룩했다
머리 부분
거대한 혹
그 혹 암흑색

암흑색 혹 속은
향기, 향유
밀랍에 싸여
바다
깊고
수평선
멀어
밀향(密香)고래* 종적 없는
바다 안개 일어

비린내 머무는
부둣가 안개

안개는, 안개는
피어오르고
선의(善意)와 경험
소중한 존중은
밀랍에 싸여

* 말향(抹香)고래의 바꿈말.

뼈

물고기들이 노를 저었다

작은 쪽배가 출렁거렸다
섬이 보였고, 흰 구름이 보였다

여름 햇빛은 환하고
가을 햇빛은 밝았다

바닷가 백사장에 고기 뼈가 남았다

뼈는 살보다 오래 남아서
부드러운 살이 감싸주었다

햇볕도 떠올랐고
모래 알갱이도 떠올랐다

뼈에게 살을 붙여주었다
뼈가 아주 보이지 않을 때까지

물고기들이 노를 저었다
육지엔 벚꽃이 피어 있었다

수평선 너머로 노를 저었다
소풍날처럼, 소풍날처럼
봄날이었고 봄날이었다

새로운 언어

에저또라는 말 우쿠리라는 말
눈효마라는 말 숭다롱이란 말
무슨 말이냐고요?
해마 말입니다
햇살 알갱이 분홍가슴파랑새
내성천(乃城川) 금모래 흰수마자 말입니다
소나무말 장수하늘소
녹고 있는 빙하 빙산
원자력발전소 사용 후 핵연료
악마가 되기 싫던 오갈 데 없는 그들
입 봉해진 그들의 언어입니다
세살배기 어린아이
알란 쿠르디 말입니다
그들은 그들끼리 말해요
귀 기울여봐요
선시표라는 말 가스리라는 말
라옹세라는 말 휴미쓰라는 말
그렇게 말해요 말 없는 그들
에저또라고 숭다리라고

가스리라고 라옹세라고
같이 말해봐요 그렇게 말해봐요
당신에게 말할걸요 말 없는 그들
그럼 당신이 들려주세요
그들이 그들끼리 주고받는 말
다만 우리가 알아듣지 못한 말
당신 귀는 당신 입은 우리들 입
우리들 귀 귀머거리 벙어리 입과 귀

7번국도

먼지와 솔밭과 흰 구름을 알았소
바다는 녹색 풀밭이었소
구석기시대 흰 구름이
아스라하였소
약속을 모르고
헛된 의문에 잠기지 않았소
배움 없는 소년이었소
또 하나의 싱싱한 폐가 있었소
당신은 성욕을 알려주지 않았소
나는 아직 어머니의 아들
다만 다리를 절룩거렸고
그 다리로 풀밭을 달렸다오
흰 구름 머무는 영 너머 서쪽은
아득히 사라졌소
동서남북은 녹색 풀밭에서 무의미해졌소
그 옛날 7번국도를 지금 달려간다오
먼지조차 안 보이는, 열일곱살 그때 그
해안길이라오
회억의 길이라오

배움 없는 소년이었소

이끼 낀 숲의 냄새를 맡을 수 있었소

휘발유 냄새가 어려 있다오

나비 표본실

화약 냄새가 어려 있었다
소년들의 죽음
메마른 꽃잎
나비 표본실, 나비들의 날개는
대칭이었다
죽음은 주검
다만 미세한 비대칭은
기관총이다
흔적은 희미하다
소년 곁에 놓여 있었다
철조망 모래언덕……
연둣빛 바람의 꿈이
격벽 유리판
칸막이 진열장
국기가 덮여 있다
소년들의 주검은
드러나고 감춰졌다
소녀들의 주검은
가려지고 잊혀졌다

별들은 이름이 필요 없는데 사람들이
이름을 지어주었다

저 별 이름이 종달새별이란다
제비꽃별이 있지 않았니?
저 별 이름은 금모래별이란다
흰물새별이 있지 않았니?
이 별 이름은 달맞이꽃별이란다
첫이슬별도 있지 않았니?
별들의 엄마에겐 아기들이 많고 많아
모든 아기 이름들을 다 부르지 못한단다
저 별 이름은 속눈썹별이란다
이 별 이름은 아기낙타별이란다
별들의 이모들은 아기들이 많고 많아
모든 아기 이름들을 다 부르지 못한단다

아셨나요, 언제까지

세상에 내 모습 내가 얻기 전
나는 이 길을 걷고 있었다
바람 안온하고 볕은 다양했다
솜양지가 해맑게 피어 있었다
먼 옛날 하루처럼 눈부셨다

내 그림자 이윽고 그늘 따라 잦아든 후
나는 이 길을 걷고 있었다
햇살 따스하고 하늘 눈부셨다
패랭이가 새뜻하게 피어 있었다
먼 훗날 하루처럼 눈부셨다

또다른 나는 있다
언제까지, 언제까지

또다른 너도 있다

아셨나요, 아셨나요
언제까지, 언제까지

제 2 부

여음(餘音)

장미의 아침, 장미의 기억
장미의 이슬, 장미의 실바람
장미의 내일, 장미의 종
장미의 종소리, 장미의 미루나무
장미의 연령, 장미의 촛불
아! 장미의 저녁, 장미의 선택

우리는 생일이 같았다
너와 나는 나이가 같다
내가 태어날 때
너도 함께 태어났다
고향이 같았다

모자

울타리 철책 너머
목 긴 기린이
그린 듯이 서 있다

─ 아지랑이 일렁이던
메마른 초원

먼지 내린 속눈썹
볼을 움씰거리네

봄아! 지금이 4월이니
네가 만약 소년이면

저 기린 머리 위에
색채의 모자라도
씌워주려무나

앵두

앵두는 스스로 한움큼이 되었어요
앵두가 제 갈 길을 가고 있어요
정겨운 목소리 들려옵니다
명랑하고 즐거운 재잘대는 소리
낱낱의 한알보다 한움큼 되어
가지마다 소복이 맺힌 앵두들
초여름 첫 햇살에 발갛게 익어
앵두가 소녀처럼 길을 나섭니다
나도 앵두 따라 가고 싶어서
앵두 따라 같이 길을 나섭니다
하얀 앵두꽃이 발간 앵두 되는
앵두 열매 속살도 발갛게 물든
하나하나 열매보다 한움큼 되어
앵두가 가고 있는 그 길 따라서
앵두 따라 어디론가 길을 나섭니다

언제나 다가서는 질문같이

언제 어디서나 들을 수 있습니다
나무와 풀잎과 이슬과 바람
황무지 흙먼지 별빛의 언어
대지와 지평선 새들의 말

물결은 뭍으로만 치지 않지만
바다에 출렁이는 물결같이
기슭에 휩쓸리는 파도같이
세계는 그대 앞에 펼쳐졌건만

부서진 파도는 되밀려가네
허공에 입 맞춘 타는 그 입술
메마른 입술이 입 맞춘 허공
병사들, 병사들 모든 병사들

언제나 무거운 물음같이
원방(遠方)의 어두운 그림자처럼
언제나 다가서는 질문같이
어제도 오늘도 모든 병사들

병사들 병사들

이념이나 정치, 세계 질서 따위
그걸 왜 물어봐요?
그건 그다지 관심이 없습니다
내가 총을 든 게 신념인가요?
내가 지금 군인이기에
전투를 해야 하는 병사이기에
조준하고 매복하고 방아쇠를 당깁니다
돌진하고 파괴하고 불을 지릅니다

다시 이를테면 독일 병사들
나찌의 손자였던 독일 병사들
라 뜨리꼴로르,
삼색기 선명한 프랑스 병사들
미국 해병대원 IS대원
먼 아프리카 콩고 병사들
시리아 반군과 정부군 병사
북한 인민군 하전사 병사
뿌띤의 병사 러시아 병사들
쿠르드족 민병대원 흙먼지 바람

팔레스타인 자치정부 해방전사들……
황무지에 자옥한 흙먼지 바람
밤하늘에 희미한 별빛 그림자

내가 총을 든 게 신념인가요?

라기보다

원자력발전소
라기보다
환한 불빛

그래
원자력발전소
라기보다
아늑한 불빛

그래
그 불빛에 눈멀어

라기보다, 라기보다, 라기보다
내가 사랑하는 잿빛 바위여
그 이지적인 무방비 상태
바다에서는 백리향 냄새가 났다*

갯메꽃이 파도를 등지고
화심을 열었다

고리, 월성

원자력발전소가 있는 불가**

내 사랑하는 바닷가 잿빛 바위여

파도에 몸을 맡겨

천년토록 미역을 기르고

전복을 키우고

물새들을 쉬어가게 하던 바위여……

눈부신, 눈부신 백사장이여……

* 소설 『희랍인 조르바』에서.
** 바닷가 백사장을 뜻하는 경상·강원 해안지역 방언.

아침 밥상

여러명의 나
나와 같은 나
얼굴 희고
얼굴 붉고
얼굴 푸른 나
그리고 얼굴 검은
노랑, 자줏빛
갈색인 나
서로가 서로를 바라보며 반기는데

여러명의 어머니
어머니와 같은 어머니
어머니돌
어머니나무
어머니열매
어머니강물
이슬어머니
새, 어류, 물고기어머니
햇빛 달빛

어머나,
서로가 서로를 바라보고 웃으시는데

다가가서 불러보아요!
다가가서 말해보아요!
당신의 어머니
당신의 아들딸

어머니는 나를 안고
나는 어머니 업고

사랑하는 가슴

물의 눈물
고향의 소리가 아니라
소리의 고향이었다
왜 별들이 울지 않느냐고
물은 흘러 별들에게 이르렀네
사랑하는 가슴!
눈물 속의 물
물속의 눈물
물이 흘러
물의 눈물

구름 사막

구름은 봄날
봄날은 구름 속에 살고 있고
구름은 어린 염소
구름은 염소들과 같이 살고
풀밭은 구름
풀밭은 구름 속에 살고 있고

아니야, 아니야
구름은 봄날 속에 살지 않고
구름은 염소들과 살지 않고
풀밭은 구름 속에 살지 않고

하늘에 구겨진 손수건 한장
눈과 비와 안개는
하늘로 가서
구름조차 알 수 없는 구름 사막을
구겨진 손수건을 감싸주어라

옥수수밭

옥수수밭에 들어가면
옥수수밭이 되고 싶어요

옥수수밭에
옥수수가 커졌어

아가야, 옥수수밭에
들어가보렴!

옥수수밭에 들어가서
옥수수가 되어보렴

너풀거리는 이파리는
소낙비와 마주하는 7월의
검푸른 영혼일 거야

금성과 더불어

문득 고추장 내음 코에 스몄다
숱한 형상 수많은 기억으로
갖가지 빛깔 소리로 인상으로
다가오는 밤, 어둠
그 속 고저장단 욕망과 기원
일허일영(一虛一盈)
절로 겹치고 변상(變相)되며
이 모두 껴안고 무한 공간을
열어주는 때

그러니까 밤 한시 십오분 중학교 시절
읍내에서 좀 떨어진 농촌에 살던
같은 반 친구
도시락 반찬으로 자주 싸오던
그 맵싸한 고추장 내음 그것
이 시간 내 가벼운 공복은
어린 시절 내 혀가 비로소 매운맛에 익숙해지던
그 곰삭은 미각을 떠올리게 하고

다시 내 공복은 또 친숙한 별 하나
어린 시절 어쩌다 바라보며 익혔던 별 하나
어둠속에 더욱 밝던 별
태양계의 행성 중 하나 샛별, 금성을
과학의 해명에 따르면
태양계의 거주 가능 지역 안쪽 끝자락에
살짝 걸쳐 있거나 혹은 벗어나 있기에
생명이 살기 어렵다는
그 금성을 눈앞으로 불러오게 하는데

이 도무지 연관성 없는 유동하는 생각
내일이면 어쩌면 흔적 없이 사라질
거품과도 같은 생각
우리 몸을 이루는 한 물질
쓰고 맵고 달고 신 음식들이
혀의 맛봉오리를 자극해 생기는 감각에서
이어지는 한 행성에 대한 생각
그러나 내 눈앞에 다가오는
그 금성이, 샛별이

생명이 살기 어렵다는 태양계의 한 행성이
만약 스스로 생각할 수 있는 존재라면
이 한밤중
내가 자지 않고 있는 지금
밤이 내게
잠 없이 깨었음을 허락하는 이 시간
그 금성도
어쩌면 혹시 지금 저를 떠올리고 있는 나를
생각하고 있을지도 모른다는 생각도 동시에 하게 되는
지금 다시 밤 한시 이십분

약간의 가벼운 공복인 나에게
홀로 있는 나에게
"당신은 무엇을 생각하세요?"
하고 아무도
묻지 않는 밤

나 또한 누구에게
우리가 사는 지구와 같은 태양계의 행성 금성이

불현듯 문득 떠올랐는지
질문하지 않는 밤

지금 그 뜨겁고도 건조한 불모의 금성
그 금성이 내 뇌리에 새겨진 맵싸한 내음과 연결되는
시간은 밤 한시 이십오분……
밤 한시 이십육분……

그런데 정녕
그 금성이, 샛별이 다시 한번
스스로 생각할 수 있는 행성이라면
그 금성이, 내가 불모의 별이라고 생각하던 그 금성이
스스로 생각할 수 있는 행성이라면
부풀어오르는 건조한 폐허의 침묵 속으로
침묵의 숨결 속으로 나 또한 기꺼이 젖어 들어가리니
그리하여 나는 지금 한순간
내 가벼운 이 시간 공복을 그에게 소개하고
지상에서의 우리의 미각을, 맵싸한 인간의 미각을
전해주고 싶거늘

생각이란 어떤 하나의 실체가 또다른 실체 속에
한순간 함께 현현되어 나타나는 것일진대
삼라만상 또한
내가 지금 나이기에 존재하는 것일진대
다시 그리하여
나와 메마른 별
황막한 침묵의 별이라는 금성이 서로 그 폐허에서
하나의 예감을 일깨운다면

삶과 죽음에 무관할 천공의 별이여
내가 새롭게 너를 일러
이 지구에서, 지상에서 너를 일러
우리가 자주 일컫던 샛별이라
샛별이라 새롭게 부를지니
거기 옛날 우주의 영속하는 시간 속에
나와 같은 한 생명이 너일지도 모른다는

그리하여 우리 말할 수 있는가

우러를 수 있는가
우리에게 가장 멀고 희미한 것이
참으로 거룩한 희망일지니
너 별이여
아니 샛별이여
폐허의 예언을 말할 수 있는가
어둠속 거룩한 광명을
차오르는 예감을 드러낼 수 있는가
아득한 미답(未踏)에서 더욱더 드높은
천체를 우러르며
느낌이란 또 결국 깨우치는 당사자와
깨우침 대상과의 관계일지니
관계란 또 대상과 당사자의 일체적 지향이니
내 유년 시절 어느 신새벽
가장 밝은 모습으로 동쪽 하늘에
떠오르던 별이여
축생들 눈동자에 어리던 행성이여

하지만 대체로 어둠속에 잠겨 있는 별이여

자독(自獨)하는 천체여
그와 나를 이어주는 이 밤 시간
그 별이 침묵의 공간 속에 나를 우호(友好)할 수 있다면
별 하나하나가 하나의 세상!
나 또한 하나의 건곤이리니
본능과 욕망에서 벗어날 수 없는
유약한 인간의 밤 시간을 벗어나서
살육과 오염으로 탈진된 지구에서
거짓 평온 속 지구에서, 지상에서

더하여 메마르고 뜨거운 행성과 더불어
더 넓은 시간과 공간을 염원하면서
샛별은 지혜처럼 다시 동쪽에서 밝게 떠오르고
나는 내 가벼운 공복을 원욕(願慾)처럼 지니며
또다른 아침을 맞이하겠으니

어찌 그 별 하나
우주의 성좌 속에
가채(假彩)의 밝은 빛 저 홀로 품고

아무 까닭 없이
하나의 형체로만 떠 있으리
나 또한 깊은 밤 아스라한 추억과
미미한 공복에서 벗어나지 못한 채

하지만 이것은 또
터무니없는 독단이지 않겠느냐!
천상의 모든 뭇별들 중
유독 반짝이는 그 별 하나
아득한 허공, 태허무변(太虛無邊) 속
아무런 연유 까닭 없이
목적 없이 형상되어 떠 있을 수 있을 것을
저 홀로 무위로 자재(自在)할 수 있을 것을
그것 또한 그대로
벅차고 충만하고 가득할 수 있을 터라
그리하여 나는 또 절망하느니

있음의 의미와 까닭을 묻는 것은
우리들의 습속이다

목적과 소용(所用)을 새김질하는 것은
대개 우리의 비루한 욕구와 기원과
갈망에서 연유한다
우리의 맹목은 우리의 맹목
우리의 척도는 우리의 척도일 뿐
그리하여 나는 또 전율하리니
그리하여 나는 또 갈망하느니

갈망과 절망은 우리들의 것
유한함과 무한함도 우리들의 것이다
절망과 갈망이 묻지 않느냐
무의미와 무소용이 묻지 않느냐
생명과 영원을 묻지 않느냐

그 무목적 그 무소용을 잊지 않고 지니고
끝내 간직함은 아득히 한없이
너울질지니

나를 벗어나서 다가오는 지평에서

내가 맞이하는 점과 점의 무한한 확산 속에
나를 넘어서는 공활한 생각의 그 세계에서
피어나고 살아나는 그리움의 층계들
지혜의 빛깔들, 향기들이여

우리가 그것을 버리지 않는다면
스스로 다가가 불러들이는
순결한 세계의 순간들이여
우리가 그것을 가로막지 않는다면
비록 내일 아침 익숙한 타성으로
이 밤 기억을 흘려보내며
한공기 밥과 국을 마주할지라도
모슬*과 모슬과 모슬이란 도시
알레포** 알레포 알레포라는 도시
큰물 져 휩쓸린 함경도 어느 도시
그 도시도 언뜻 떠올리면서
모든 빛을 품어 안은 하나가 되리
모든 어둠 품어 안은 하나가 되리

목련 생일

밤은 어둠 아니어서
자주 그 밤을 먹었더랬다

밤벌레는 밤 속에 보이지 않아
밤벌레도 따라서 자주 먹었겠으니

추측은 긍정이 아니라면
어둠은 밤이 아니어서
벌레도 어둠을 파먹었으리

오늘, 밝은 햇살 속에 핀
목련은 오늘이 생일이라네

꽃잎을 어루만지는 친구들

꽃잎을 어루만지는 친구들!

나무 아래 쉬어가는 친구들!

저기 저 태양이……

저기 저 태양이?

그렇다네, 태양이……

불타는 태양이

잠들지 않는 태양

흐느끼는 태양이

쇠사슬에 온몸이 묶여 있다고?

꽃잎과 풀잎을 찾고 있다고

꽃잎과 나무들이 어머니라고

어머니를, 어머니를 찾고 있다고?

제 3 부

전쟁이 그 꽃을 심어주었다

돌아가신 아버지께
물어보지 못한 말이 남아 있었습니다

임하면 대추월, 옛날 우리 집
꽃꿈처럼 피어나던 겹겹 황매화
꽃밭 황매화는
누가 심으셨나요?

길고양이 울어대는
추운 겨울밤
무릎 시린 새벽녘 언뜻 잠깨어

물어본다, 물어본다
못 물어봤던
황매화는 어느 때
누가 심으셨나요?

아버지가 목소리로
대답하셨어요

추운 겨울이 심어주었다
전쟁이 그 꽃을 심어주었다

글자를 새긴다

언덕길에 인적 없고
다만
매화나무 네댓그루
눈처럼 하얗게 봄빛을 품고 있다

산 아래 국도에는 대낮인데
전조등을 밝힌
군용차 행렬이
오래도록 이어졌다

포신을 앞세우고
위장망을 덧씌운
군용차 행렬

군용차 행렬의
헤드라이트 불빛이 글자를 새긴다

고향 형제들이여!
소년 시절 우정을

소년 시절 약속을 기억하고 있나요?
철조망 벽돌 속에
그대 손이, 그대 발이 묶여 있나요?

눈여겨 나를 보려 했다면

산속 물웅덩이 메말라버린
여기 잡목림 외진 오솔길

오늘 7월 하순 폭염 대서날

자연은 가난하고 묻지 않네

밀화부리
휘파람새
멧비둘기
딱따구리

때까치
어치
뻐꾸기
곤줄박이

오솔길에 떨어진 산새 깃털
가뭄 깊어 나뭇잎도 시든 지 오래

달 두개

달 하나
달 둘
달 두개

달이 달 불러
달이
또 하나

달이 달 찾아
하늘에
달 두개

밤하늘
가을밤
달 하나
달 둘

아는 이름들이

아는 이름들이 한아름 다가왔다
태풍이 잦아진 포구였거든
갓밝이 뿌윰한 빛에 싸였다
휩쓸린 부표들과
뒤엉킨 그물들이 공기 같았다
묶여 있는 고깃배가 수평선을 떠올린다
어디서 들려오는 묵음이 있다
여명이 농아처럼 내 귀를 막았다
귀는 태풍의 눈이었구나
그 귀가 소리 찾아 난바다 넘어가면
해안선에 안겨 있는 나지막한 집들과
동트면 드러날 붉고 푸른 지붕들이
바다에겐 모두 다 아는 이름이다
바다에겐 모두 차별 없는 이름이다

소리 씨앗

늙은 호박 하나, 한아름이다
덤불이 메마르자 형상이 드러났다
누런 겉껍질 흉터도 있다
소리는 어떻게 숙어졌나
목젖 떨림이 잦아지면서
가랑비에 소나기 스며 있었다
천둥 번개도 잠재웠으리라
구린내도 오랫동안 품어왔으니
그렇다면 구린내도 소리가 되고
한줄기 소변도 시원하리라
스스로 말하고 스스로 들었다
소리는 이제 없고 소리 씨앗만
주름진 흉중에 품고 있어라

호적

바다가 오해한 건 아니었다오

청어잡이 정치망에
대왕고래 한마리가 잡혔습니다

오해라니요?
회청색 등 빛깔
고래 한마리
그물에 휘감겨 걸렸습지요

어제는 너울이 제법 일었고
그제는 샛바람이 불었습니다

밤이 되자 밤바다에 고깃배들이
불빛을 희미하게 깜빡거렸지요

바다 위에 흐린 별도 돋아났지요

고래의 본적은 바다이겠으나

바다는 일기를 쓰지 않았지요

아들아, 넌 어떻게 살래?*

차들이 덜 다니는 산언덕 정수장 길
포장도로 양옆으로 벗나무 가로수
줄지어 심어졌고

봄날에 벚꽃 피고
이내 버찌 맺혀 버찌는 녹색에서
연녹색 연노랑 빨강 검정으로
점차 변하며 익어가더니

익은 버찌 하나둘
길바닥에 떨어져
떨어진 버찌들 볕에 바람에
과육이 메말라 박탈되어 사라지고
하얀 씨앗들만 오돌오돌 남았더니

올 장마도 거지반 다 지나갔다는
무더운 8월 초순

흙과 대지가 품어주지 않았던

버찌였던 그 씨앗
지루한 장맛비에 다 씻겨가지 않고

아스팔트 길 위에 흩어져
그대로 남았습니다

* 최용탁 산문집 제목에서.

걸음 멈춰

수많은, 수많은 지금이었다
수많은, 수많은 햇볕이었다

이슬과 무지개 강물이었다
노을과 물결과 꽃잎이었다

오늘도 오늘도 수많은 지금
내일도 내일도 수많은 하늘

다시 또, 다시 또 오늘이었다
만물이여, 걸음 멈춰 쉬어가자

초보 운전

봄인가, 봄에게 물었더니
봄은 봄을 모른다 하고
꽃인가, 꽃에게 물었더니
꽃도 꽃을 모른다 하고

봄에게 꽃 묻고
꽃에게 봄 물어도
꽃도 봄도 얼굴만 붉혀

이 봄에 꽃들만 환하게 피어
꽃도 봄도 마침내 바보여서
나 또한 초보 운전
바보 봄 바보 꽃 얼굴만 붉혀

바다 무덤

바다 무덤은 바다
바다 사망일은 고지되지 않았다
눈앞에 출렁이는
그것이 바다이자
바다의 무덤이다
임종 없고 장례 없고
부고도 없는 바다
봉분도 없는 바다
바다는 바다에 묻힌다
바다의 유언은 어머니의 유언
어머니의 목소리를 되돌려주네
바다의 유언은 아버지의 유언
바다는 바다에 다시 묻히고
바다는 바다에서 다시금 태어나네

배열

산기슭 어드메 오동이 자랐다
화조 수놓은 병풍틀 되었다
질척한 길바닥 나막신 되었다
봄날 한철이라 연보라 꽃이었고
여름에 너풀너풀 이파리 달았다
오동나무 그늘 아래 쉬어간 적 있었지
비단옷 갈무리할 장롱이 되었다
묘지 무덤 속 나무관 되었다
관재 두께는 한치 혹은 한치 반
늦여름 가지에 매미가 울었다
가야금 거문고 악기도 되었다

앞뒤 내 여울에서 피라미가 튀었다
은비늘이 햇살처럼 눈부시게 반짝였다

시멘트

지평선은 외로워졌다
영원불멸함을 섬겼다
지금도 변함없건만
10월은 어두워졌고
빛나는 열매는 품지 않았다
법칙을 부여하던 시간,
친밀하고 정답던 시간이여
성스러운 귀가 시간은 사라졌다
공허 속의 충만을 가져오고
멀어지며 다가오던 지평선
10월은 방황한다
인간의 건축물은 대답하지 않았다
정념에 사로잡힌 시인에게 물어도
10월의 방황 속에
당신 또한 방황하는 10월이었다

햇잔디

만길 얼음 속에
만길 바다 잠겨 있고
그 바다 또 만길 아래
열탕수 끓어올라
억만년 세월 흘러
만길 바다 뒤덮은
만길 두께 얼음 위에
실낱같은 틈이 생겨
따스한 아지랑이
김이 피어올랐다

잡은 손 한순간 놓아버리자
먼 가니메데 목성 위성이었다

어머니 두고 가신 지팡이였다
어머니 묻힌 봉분 햇잔디였다

제 4 부

미생(未生)

남녘 땅 한 절터 크고 작은 천불 천탑 그중 제일 큰
누운 부처 와불 곁 땅에 묻혀 삐죽이 반쯤 모습
드러낸 얽박고석 바윗돌 얼금얼금 그 바윗돌
석공 정 맞지 않고 망치질 받지 않고 햇살 바람
함께 맞네 별빛 달빛 함께 맞네 와불 더불어 천불
천탑 더불어 오래오래 더불어

남녘 땅 한 절터 천불 천탑 골짜기 얽박고석 바윗돌
얼금얼금 그 바윗돌 불 모시던 정 없이 불 모시던
망치 없이 오래오래 더불어

없습니다
헤르만 헤세의 「흰 구름」에 부쳐

허무한 청춘도 경쾌한 구름도
유랑의 아들도 없습니다
나그네의 보금자리 유랑의 숙소도
고원의 황혼도 없습니다
숨 막히는 먼지만 천지에 자욱할 뿐
아 봄도 9월도 심지어
안개조차 없습니다
방랑의 도상도
엘리자베트도

세계는 여전히 증오의 꿈과
피의 난취에서 깨어나지 않았고
전쟁의 번갯불과 살인의 소음에
지쳐 있습니다

소망하라! 희망하라! 사랑하라!

당신의 나무들이 구름들이 형제들이
애타게 소리치는데

잔고(殘高)

잿빛 어둠과 희미한
미로
질척거리는 수채
지하실 헛간 쓰레기 오물더미
격렬한 도주
도주하는 것은 나
증오와 혐오의 돌팔매질
갈지 않으면 끝없이 자라나는 이빨의 숙명
맹금류와 파충류
그들의 발톱과 독아(毒牙)
낮보다 쥐는 밤 시간을 치달렸다
할딱거리는 심장
쥐는 달린다
달려와
네 가슴에 와서 안긴다
안겨와 네가 된다
흑요석 눈알을 반짝이며

쥐는 당신

그리고 우리
내 잔고

우리를 너희를

사드
싸드
싸다
사다

사거리
사거라
싸개질
싸개통

싸통이
싸쥐다
삯꾼
샀군

싸울아비
싸다듬이
사드
싸드

사면발니
씨××이
사드
싸드

이 무슨 말장난 한가로움이냐
이 무슨 말장난 한가로움이냐
분쇄기 속 한가로운 말장난이냐
분쇄기 속 한가로운 말장난이냐
끝없는 어릿광대 망나니 놀이
끝없는 어릿광대 망나니 놀이
우리를 분쇄기에 밀어넣었지
너희를 분쇄기에 밀어넣었지
너희들의 햄버거 어육 햄버거
아니아니 우리들 어육 햄버거

포도주잔

내 젊은 날의 우정, 고(故) 호스트 룩필 군에게

포도주를 모른다
포도를 알 리 없다
입술을 모른다

화단에 피어 있는 백일홍처럼
여름 모를 백일홍처럼
그러나 피어 있는 백일홍처럼
붉은 꽃잎 모를 백일홍처럼
그 짙은 꽃잎 곁에
휴식하던 한때처럼

당신 가슴
선한 마음 가득 채울 때

흐린 조도가 감싸고 있는
탁자에 놓인 포도주잔
흐린 조도조차 모르는
무지의 친구
알려 하지 않는 포도주잔

다만 한 형상으로
햇살과 바람
포도알에 스밀 때
그러나 햇살 바람
포도알을 알 리 없듯

어떤 대답도 들려주지 않는

모르면서 행하고
화해를 이뤄
포도주를 알고
포도를 알고
입술을 알아차린다
주석 은백색 포도주잔
무지한 바 유구한 포도주잔

그때 가만히 두었더라면

오리가 두루미가 되었고
두루미는 물고기가 되었고
물고기가 다시 오리가 되기 전

들쥐가 다람쥐가 되었고
다람쥐는 살쾡이가 되었고
살쾡이가 다시 도토리가 되기 전

그때 가만히 두지 않았더라면
그때 가만히 두었더라면

사람은 유독 사람이었다

그때 이름을 세번 불렀다

물고기
두루미
도토리
……

여기는 지구
뿔 있는 자는 이빨이 없고
기는 자는 부디 날개가 없도록

탄도미사일

연분홍 복사꽃
살포시 지고
꽃자리 풋꼭지
오롯이 살이 붙는
연초록 진초록 꿈자리 생시

당신의 삶 자리는 어느 곳인지
미사일, 미사일 탄도미사일
어둡고 암울한 나날이어도

바라봐요 저기 저
복사나무들

전쟁을 막아낼 힘이 있다면
아마도 그 힘은 나무들이 지녔으리

열매 품은 나뭇가지 고요히 맞이하는
설렘을 잉태한 균형 상태를

어제와 오늘
무한한 전체
생시와 꿈자리
한결같거늘
오늘도 내일도
한결같아라

지중해 두만강

눈 시린 파란 하늘
내리쬐는 햇볕 아래 푸른 바다
출렁이고 출렁이는 파도 위에
휩쓸린 보트 한척

수백명 웅크린 퀭한 눈자위

타는 혓바닥

목숨은 단지 잿빛 납덩이
먼지에 몸을 던져 기도하던 여인들
미래의 미로에서 헝클어진 사람들
펠레크도 살마도 타는 혓바닥
히디르도 메히란도
하산카도 납덩이

무기는 영원히 잠들지 않고

여기 지중해

세계의 도처에도
수많은 지중해

여기 두만강
세계의 도처에도
수많은 두만강

납덩어리 삼킨 바다 짙푸른 바다
텅 빈 고무보트 출렁이는 바다

움직이고 움켜잡는

벗어났나 벗어났나
머물고 있나

폭풍우 자물쇠 고속도로
불빛
표면 혹은 복제
눈부신 그림자
태극기여
오랜 실랑이

비추고
비치고
타오르고
일으키고
행하고
낱낱이 빼어 올려
들추어내고
움직이고 움켜잡는
오랜 실랑이

인정(認定)과 거부가 함께 머무는

벗어나지 않았는가
머물고 있나

상상이 상상을 초월한다면……

이슬람과 기독교 사이
흰 백합 피었어요
푸른 풀밭 펼쳐져
맑은 시내 흘러가요
꾸란과 성경 사이
들려오는 노랫소리
아이들이 즐겁게 공놀이를 즐겨요
허리에 폭탄 감은 소년 병사 아니에요
덧니가 정겨운 소년 소녀들이에요
초승달과 십자가 사이
양들과 흰 구름
오색 칠색 무지개가 피어났어요
이승과 저승에 다리를 놓아
눈부신 빛깔을 펼쳐놓아요
상투적 풍경이라 말하지 마시길
익숙한 광경이라 타박하지 말아요
익숙한 광경이 낯설었지요
달리 무슨 말 할 수 있겠어요
상상이 상상을 초월한다면……

하늘과 땅을 보고 찬탄하세요
석유는 이제 영영 없어졌어요
하늘에 햇빛이 더욱 밝아요

쇠들의 행로

나를 따라 걸었다

늦은 밤, 대로
갓길에 멈춰 선
대형 무개 운송 트럭
거기 실린
고물 H빔

녹슬고 흙 묻은 거대한 쇳덩이
어디로 옮겨가려 실려 있는지
행선지를 알 수 없는
중고 H빔

쇠들은 다시 시작하고 싶었다
그리하여 걸었다
걷고 걸어서
스스로 걸어서
하늘, 궁창까지 닿았다

별을 반짝였다
누리가 밝았다
환하게 밝았다

불암 암벽에 가랑비 내려

불암 암벽에 가랑비 내려
수락 암벽에 이슬비 내려
가랑비에 젖어드는 먼 옛 빛깔
청백 화강암에 빗물 번져
바위 문 열고 들어서려니
빛깔은 빛깔을 지웠습니다
강남북로 수십갈래
휩쓸린 불빛
청맹과니 한 시절, 먼 옛 빛깔
소리 또한 소리를 지웠습니다
애당초 없었던 태곳적 빛깔
앵두는 발갛고 풋사과는 파랗고……

빨강에게 물어라

빨강에게 물어라

무얼 잃은 게 있습니까?
아뇨

빨강에게 물어라

무얼 얻은 게 있습니까?
아뇨

한참 뒤 다시 물어라

무엇을 잃고 무엇을 얻었나요?
글쎄요 뭘 잃고 뭘 얻었지?

태양 불 피 혁명
이념
흥분 광기(狂氣) 방화?

저는 태양이 아니고
불이 아니고
저는 피가 아니고
혁명이 아니고 사상이 아니고
흥분 광기 방화가 아니고……

저는 다만
물체가 빛을 받을 때 빛의 파장에 따라
그 거죽에 나타나는 특유의 빛이에요
색채예요
과학으로 저를 설명하기 싫지만
그러나 부득이 예를 들어 설명하자면
빨간 풍선……
봄날 공원 길에 아이 하나가
엄마 손을 붙잡고 다른 한 손에
들고 가는 끈 달린
빨간 풍선 같은 빨강
그리고 초여름 꽃밭에 피어나는
눈부신 해당화 같은 빛깔!

볼그레하다
발가우리하다
발긋하다
발그스레하다와 같은
이렇게 다양하게 불러주면 더 좋아요

작은 마을

김이구 형에게

가을이 가득하여
들판에 나락 익고
코스모스 금잔화
피어 있는 마을
그가 들판 길로
자전거를 타고 간다
어제는 소설가 평론가였던 그
아이들도 웃으며 함께 달린다
그 길 끝에 수평선이
파도가 출렁이는 바다도 다가선다
아이들이 어깨를 맞대며
그에게 묻는다
아저씨, 아저씨는 소설가예요?
아니야 난 이제 소설가가 아니야
평론가가 아니야 편집자도 아니야
그럼 아저씨는 누구세요?
코스모스 꽃이 대답해준다
맑은 바람이 대답해준다
나는 이제 너희들 친구란다

상기된 그의 얼굴
환한 웃음 어린다
바다에서 한줄기 바람이 불어오자
그가 쓴 모자가 날린다
멀리서 바라보던 내가 주웠다
내가 주운 모자를 전해주고 싶었지만
그와의 거리가 좁혀지지 않았다
멀리서 무지개가 피어올랐다
맑은 영혼들이 다가가고 싶은 곳
그가 간 세상이 너무 멀어서
어려서부터 변치 않은 작은 마을
아늑한 마을 하나 되살아난다

촛불 셈법

하나가 열이 되고 열이 백 되고
백이 천이 만이 십만 백만 되고 천만 되는
다시 천만 백만이 이윽고 하나 되는
덧셈도 뺄셈도 곱셈도 나눗셈도 아닌 이것
그 어느 교과서 셈법책에 없는
하늘의 별 하나가 깜빡거리자
열개의 별이 같이 깜빡이고
열개의 별이 백개가 천개가 만개가 십만개가
일제히 반짝이고
백만개가 천만개가 일제히 반짝이고
다시 천만개의 별이 백만개로 십만개로 만개로 천개로
이윽고 하나로 타올라 찬란하게 반짝이는
덧셈도 뺄셈도 곱셈도 나눗셈도 아닌 이것
그 어느 교과서 셈법책에 없는
이것은 땅을 하늘로 만들고
바다로 만들고 거대한 파도로 만들고
하늘에 고래를 날게 하고
하늘을 땅으로 만들고
땅과 하늘 하나가 되고

땅에 별들을 내리게 하여
아득한 밤을 환한 대낮으로
언 겨울을 봄으로, 봄으로 꽃피게 하고
막힌 장벽 타넘고 뛰어넘는
어두운 인류의 새 길을 여는
그대 백만 천만 촛불을 몇만이라 하는
곱자를 들고 구부려 땅을 재며
사람 수를 곱하려는 옹색한 그대
이것은 곱자가 아니라네
곱셈이 아니라네
셈법책이 아니라네
그대의 셈법은 셈법책에 있지
이것은 순결
위대한 인간의 순결이라네
그대 가슴조차 열어젖히는
이것은 가슴과 가슴의 간곡한 연대
인간이 내디딘 장엄한 행렬
서기 2016년 인간의 역사
12월 위대한 인간의 역사

키 큰 떡갈나무 물참나무 아래 지날 때

도토리 열매들 어느새 사라졌고
도토리깍정이만 흩어진 언덕입니다
물참나무 떡갈나무
아래 지날 때
여기 이 산언덕에 햇살도
따사롭게 내려요
가을입니다
9월이네요
도토리를 안았던 도토리깍정이를
주워보았어요
빈 깍정이가 소복했습니다
소복한 깍정이가 포근했어요
무엇이 그 속에 담겨 있나요
맑은 바람이 불어왔습니다
나는 9월의 아이가 되고 싶었지요
키 큰 떡갈나무 물참나무
아래 지날 때

언어의 집사

류신

> 본래 말하는 것은 언어이지, 인간이 아니다.
> 인간은 그때마다 상응하여 응답하는 한에서 비로소 말한다.
> ── 하이데거

1

세계는 말한다. 인간만이 언어를 소유하고 있다고 믿으면 착각이다. 세계는 자신을 감추면서 드러내고, 침묵하면서 이야기한다. 자신의 본성을 은닉하면서 해명하는 세계의 이 역설적인 자기표현은 무언(無言)의 언어를 통해 이루어진다. 이 무언의 언어, 즉 '존재의 말 없는 소리'는 인간의 언어와는 차별된다. 이미 현존하는 사물에 이름을 붙이거나 타자와 의사소통하기 위한 도구로서의 언어와는 품격이 다르다. 세계의 입에서 흘러나오는 이 존재의 언어는 존재하는 것을 현존하도록 만든다. 존재의 언어는 '세계 내 존재(In-der-Welt-sein)'를 인간에게 증여한다. 뒤집어 말하자면, '세계 내 존재'는 인간에게 언어로서 현상한다. 하이데거가 적시했듯이, 언어는 존재의 진리가 감추어진 채 머무는 '존재의 집'이다. 이 말은, 언어는 존재가 들어와 사는 처소요, 그 안에서 비로소 존재의 의미가 개시되는 지평이라는 뜻이다. 이 존재의 집에 상주하는 가장 성실한 집사가 있다면 바로 시인일 것이다. 시작(詩作)을 위해 언어를 자기 뜻대로 부리려는 자는 집사가 될 수 없다. 언어를 지배하려는 무례함을 존재의 집은 허락하지 않는다. 이 저택의 주인인 '언어' 곁에서 그의 일거수일투족을 정성스럽게 보살피면서, 그의 마음과 의중을 정확히 파악하고 기록할 수 있는 자만이 집사로 일할 자격이 있다. 훌륭한 집사는 주인보다 먼저 나서는 법이 없다. 주인과 일정한 거리를 유지하면서 그의 성스러운 부름을 겸손히 기다린다. 자신을 낮추고 비우면서 주인의 존엄을 높인다. 자신의 행동과 감정을 정도에 넘지 않도록 조절한다. 이러한 미덕은 오랜 세월 자기 자신을 단련하고 꼼꼼하게 경험을 축적하는 인내의 과정을 통해서만 갖출 수 있는 것이다.

김명수의 시집 『언제나 다가서는 질문같이』를 읽으면서 떠오른 이미지는 이런 겸허한 집사의 모습이었다. 독일 시인 슈테판 게오르게의 시 「언어」에 인상적인 시구가 있다.

"나는 머리가 하얗게 센 운명의 여신이/자신의 샘 속에서 그 이름을 찾아낼 때까지 마냥 기다렸다". 존재의 집 주인인 "운명의 여신"이 "이름"(언어)을 길어 올릴 때까지 기다리는 '나'의 모습에서 김명수 시인이 오버랩되었다. 김명수 시인은 존재하고 있다고 확신하는 것을 표현하기 위해 언어를 무람없이 동원하지 않는다. 부재하는 것의 징후를 예언하기 위해 파천황의 가설을 꾀바르게 펼치는 법도 없다. 김명수 시인은 존재가 세계의 심연("샘")에서 찾아내어 은밀히 개시하는 것을 염담히 듣는다.

해지는 저녁 들판
까마귀 울어

까오, 까오 까마귀
까마귀 소리

어느 편 어느 쪽에
속하지 않는

하늘과 땅에도
소속하지 않는

까마귀 것도 아닌

까마귀 소리

——「소속」 전문

해 질 녘 들판 위로 까마귀 울음소리가 울려퍼진다. 시
인은 이 소리에서, 농작물에 피해를 주는 검은 흉조가 보
내는 불안의 징조를 끄집어내거나, 리더가 없는 탓에 덧붙
여진 '오합지졸'의 불명예를 떠올리지 않는다. 그저 까마
귀 울음소리가 하늘과 땅, 천상과 지상의 경계를 가뭇없이
지우며 세계 속으로 스며드는 풍경을 지켜본다. 여기서 시
인은 "소리의 고향"(「사랑하는 가슴」)에서부터 허공을 통해
자신에게 밀려오는 음의 파동, 어느 편에도 예속되지 않는
절대 자유의 리듬을 온몸으로 느낀다. 그리고 이 까마귀가
세계를 향해 (은폐하면서) 공시하는 언어를 이렇게 받아
적는다. "까마귀 것도 아닌/까마귀 소리". 그렇다. 소리에
는 '소속'이 없다. 소리는 평등하고 자유롭다. 이러한 시구
는 언어를 제멋대로 부리려는 자의 관점으로는 결코 쓰일
수 없다. '세계 내 존재'의 언어를 받들어 섬기는 집사의
미덕을 발견할 수 있는 또다른 작품은 「앵두」이다.

앵두는 스스로 한움큼이 되었어요
앵두가 제 갈 길을 가고 있어요
정겨운 목소리 들려옵니다
명랑하고 즐거운 재잘대는 소리

낱낱의 한알보다 한움큼 되어

가지마다 소복이 맺힌 앵두들

초여름 첫 햇살에 발갛게 익어

앵두가 소녀처럼 길을 나섭니다

나도 앵두 따라 가고 싶어서

앵두 따라 같이 길을 나섭니다

하얀 앵두꽃이 발간 앵두 되는

앵두 열매 속살도 발갛게 물든

하나하나 열매보다 한움큼 되어

앵두가 가고 있는 그 길 따라서

앵두 따라 어디론가 길을 나섭니다

—「앵두」 전문

훌륭한 집사가 갖추어야 할 미덕은 상대에 대한 따뜻한 배려의 마음이다. 주인이 가는 곳 어디든 따라가는 일심동체의 자세이다. 진심에서 우러나오지 않는 가식적인 친절의 가면을 쓰고 팬터마임처럼 연기하는 것은 집사가 갖추어야 할 품위와는 거리가 멀다. 위대한 집사의 심장은 주인에 대한 신뢰와 사랑으로 설레야 한다. 초여름 발갛게 익은 앵두의 내면에서 쏟아지는 언어, 즉 생의 절정을 향한 유쾌한 탄성을 경청하고, 앵두가 선택한 삶의 방향("앵두가 가고 있는 그 길")을 존중하며 앵두와 보조를 맞추는 시적 화자의 모습에서 행복한 집사의 모습이 엿보인다. 가지마다 듬뿍 열매 맺혀 "스스로 한웅큼"이 된 앵두의 결속 못지않게, 앵두와 시적 화자의 연대도 아름답다.

2

누군가로부터 호명되기 전 꽃은 무의미한 "몸짓"(김춘수 「꽃」)에 지나지 않는다. 그렇다. 이름이 없는 곳에 존재가 없다. 이름이 없는 곳에 운명이 없다. 이를 거꾸로 표현하면 이렇다. 이름이 곧 존재다. 고대 로마의 격언대로, 이름이 곧 운명이다(Nomen est omen). 앞서 언급했듯이, '세계 내 존재'는 언어를 통해 자신의 존재 이유를 증명하고 삶의 방향을 결정한다. 이때 개별적 존재는 자신의 정체성을 세계에 개시하기 위해 고유의 이름을 짓는다. 그래서 모든 존재의 집 대문에는 명패가 걸려 있다. 집사의 책무는 존재의 자기표현인 이름을 정성스럽게 보살피는 사람이다. 「노을을 향해」는 이런 집사의 과제가 은유적으로 표현된 작품이다.

물잠자리가 있었습니다
돌잠자리가 있었습니다
이슬잠자리가 있었습니다
개미잠자리가 있었습니다

당신이 또 말해줘요
나비잠자리라고
물고기잠자리라고
기린잠자리라고
그리고 또

당신이 말해줘요
무수한 공중
무수한 볕
노을을 향해
노을을 향해

—「노을을 향해」전문

　하찮아 보이는 개별 생명체의 존재론적 가치는 이름을 통해 유지되고 확대된다. 두쌍의 날개와 한쌍의 곁눈을 지닌, 잠자리목에 속하는 곤충의 총칭 '잠자리'와 시적인 언어로 이름 붙여진 '나비잠자리'의 차이는 크다. 전자가 학술적이라면 후자는 미학적이고, 전자가 추상적이라면 후자는 구체적이다. 이것이 이름이 갖는 힘이다. 여기서 집사는 존재의 이름을 기억하고 기록할 뿐만 아니라 존재로 하여금 계속해서 새로운 이름을 짓도록 부탁한다. "당신이 또 말해줘요"라고 부탁하는 것이다. 또 하나 주목해야 할 대목은, 존재의 새 이름은 집사의 참신한 발상과 제안("기린잠자리")을 통해 만들어진다는 점이다. 영국의 한 저명한 저택 달링턴 홀의 집사로 평생을 살아온 스티븐스는 위대한 집사가 갖추어야 할 품위를 다음처럼 설명한다. "품위는 자신이 몸담은 전문가적 실존을 포기하지 않는 집사의 능력과 결정적인 관계가 있다. 집사의 위대함은 자신의 전문 역할 속에서 살되 최선을 다해 사는 능력 때문이다."(가즈오 이시구로 『남아 있는 나날』) 위대한 집사는 주인("당신")의 언어에 맹목적으로 복종하지 않고 주인의 언어에 새로운 생명력을 불어넣는 조력자이다. 언어라는 존재의 집을 무한한 세계("무수한 공중/무수한 볕") 속으로 확대하는 데 도움을 주는 전문가인 것이다. 마치 햇빛에 물들어 하늘이 벌겋게 보이는 노을처럼 언어가 세계 속으로 시나브로 스며들도록 인도하는 것이 집사의 역할이다. 그래서 집사는 주인의 언저리만 맴돌지 않고 이렇게 청원한다. "당신이 말해줘요/(…)/노을을 향해/노을을 향해". 여기서 "노을"은 언어와 세계가 신비적 합일(unio mystica)을 이룬 상태에 대한 시적 은유로 읽힌다. 김명수의 시는 쉽게 읽히지만 오래 저작(咀嚼)할수록 언어철학적 사유의 깊이와 무게가 느껴진다. 시인이 지향하는 가치관과 세계관이 우주적 상상력을 통해 전개되는 장시 「금성과 더불어」의 다음 시구에서도 언어와 세계의 관계에 대한 성찰이 나타난다.

삶과 죽음에 무관할 천공의 별이여
내가 새롭게 너를 일러
이 지구에서, 지상에서 너를 일러
우리가 자주 일컫던 샛별이라
샛별이라 새롭게 부를지니
거기 옛날 우주의 영속하는 시간 속에
나와 같은 한 생명이 너일지도 모른다는

　　　　　　　　　　　　　—「금성과 더불어」 부분

　존재하는 것을 새롭게 명명("샛별이라 새롭게 부를지
니")함으로써 그 존재와의 온전한 합일("나와 같은 한 생
명이 너")을 희원하는 시인의 태도에서 인간에 의해 타락
되지 않은 순수한 시원의 언어, 말하자면 "순결한 세계의
순간들"(「금성과 더불어」)을 포착하려는 의지가 엿보인다.
그렇다고 김명수 시인을 언어와 세계, 주체와 객체 사이의
합일을 꿈꾸는 이상적인 낭만주의자로 규정하면 곤란하
다. '세계 내 존재'가 인간에게 언어로서 현상한다면 인간
은 그 존재를 언어를 통해 자신에게 가져올 수밖에 없다.
전자의 언어가 '무언의 언어'라면 후자의 언어는 '인간의
언어'이다. 여기서 문제는, 존재의 진리를 담보하는 무언
의 언어를 인간의 언어로 완벽하게 번역할 수 없다는 데
있다. 김명수 시인은 이러한 언어의 한계를 누구보다 잘

알고 있다.

저 별 이름이 종달새별이란다
제비꽃별이 있지 않았니?
저 별 이름은 금모래별이란다
흰물새별이 있지 않았니?
이 별 이름은 달맞이꽃별이란다
첫이슬별도 있지 않았니?
별들의 엄마에겐 아기들이 많고 많아
모든 아기 이름들을 다 부르지 못한단다
저 별 이름은 속눈썹별이란다
이 별 이름은 아기낙타별이란다
별들의 이모들은 아기들이 많고 많아
모든 아기 이름들을 다 부르지 못한단다
　　　　—「별들은 이름이 필요 없는데 사람들이
　　　　　　　이름을 지어주었다」 전문

별이라는 대상을 언어로 나포하려는 인간의 노력은 광활한 창공을 수놓는 무궁무진한 별들의 천변만화 앞에 허사로 돌아간다. 인간의 언어가 전지전능하지 못하다는 자각에서 시인은 체념을 배운다. 존재하는 모든 것을 표현하기 위해 창조한 이름, 즉 언어를 쥐락펴락할 수 있다는 생각이 자만이었음을 깨닫는 것이다. 그렇다. 숙련된 언어의 집사는 적절할 때 체념할 줄 안다.

3

언어는 움직인다. 고정불변한 언어는 없다. 사회문화적 맥락에 따라 기표와 기의의 결합이 자의적으로 일어나기 때문이다. 예컨대 '오얏'이란 단어를 보자. 오얏은 자두의 순우리말이다. 오늘날 자두를 오얏이라고 부르는 사람은 거의 없다. 오얏은 거의 잊힌 언어이다. 하지만 오얏의 내력에는 유서 깊은 황금기가 있었다. 옛 문헌들은 4월에 피는 오얏꽃을 봄의 전령사로 앞다퉈 기록했다. 오얏의 한자명은 '이(李)'이다. 그래서 오얏꽃은 조선 왕실을 상징하는 꽃문양이었다. 대한제국의 문장(紋章)도 오얏꽃이었다. 그래서 그 시절 발행된 화폐와 우표에는 오얏꽃 무늬가 아로새겨져 있었다. 하지만 어느 순간부터 사람들의 입에 오얏이란 말 대신 자두라는 말이 오르내리기 시작했다. 사연은 이렇다. 오얏의 모양이 복숭아를 닮고 색은 진한 자줏빛을 띠기에 '자도(紫桃)'라고 부르다가, 자도가 변해 자두가 되었다는 것이다. 추측건대 자도보다 자두라고 발음하는 것이 더 편했을 것이다. 언어의 집사답게 김명수 시인은 오얏이란 단어의 변화 과정을 사색한 후 다음처럼 쓴다.

오얏꽃은 오얏꽃이 되고 싶었지만
오얏꽃은 자두가 되었습니다

자두는 자두가 되고 싶었지만
자두는 자두나무 되었습니다

자두나무는 자두나무 되고 싶었지만
자두나무는 오얏꽃을 피웠습니다

기차가 철길로 달려갑니다

철둑 가 과수원, 자두밭 과수원에
자두꽃이 하얗게 피었습니다

봄이라네요
봄이랍니다

오얏은 자두의 옛말입니다
자두는 오얏의 요즘 말이지요

—「현(弦)」 전문

시인은 기차 여행 중이다. 기차는 길게 직선으로 내뻗은 철로를 막힘없이 달린다. 시인은 창밖 풍경을 물끄러미 바라본다. 시야에 하얀 자두꽃이 만발한 과수원이 아름답게 펼쳐진다. 장관이다. 절기상 겨울이 지나고 봄이 도래했다는 피상적인 인식("봄이라네요")은 들판에 만연한 봄의 기운을 실감하는 순간, 전적인 인정("봄이랍니다")으로 전환된다. 여기서 '-랍니다'라는 종결어미에는 이미 알고 있던 사실을 객관화하여 청자에게 친근하게 전해주려는 뉘앙스가 스며 있다. 따라서 '-랍니다'는 주인의 언어라기보다는 전형적인 집사의 언어이다. 공손함이 배어 있는 집사 특유의 언어적 하비투스(Habitus)는 이 시에 쓰인 모든 동사의 끝이 경어체라는 사실에서도 발견할 수 있다. 이렇게 봄기운으로 충만해진 시인은 자두의 옛말이 오얏임을 떠올린다. 특정한 대상을 가리키는 언어를 통해 과거와 현재가 행복하게 조우하는 순간을 체험하는 것이다. 우리가 요즈음 자두라고 부르는 과일을 옛사람들은 오얏이라고 불렀다. 그러나 결국 오얏이란 말은 사라지고 대신 자두란 말이 사용되고 있다. 이 변화의 과정을 시인은 오얏꽃이 진 후 그 자리에 오얏 열매가 맺히지 않고 자두가 맺혔다고 상상한다("오얏꽃은 자두가 되었습니다"). 그리고 우리가 자두라 부르는 이 과일의 씨앗이 발아하여 싱싱한 초록빛 잎이 무성한 자두나무로 성장한다("자두는 자두나무 되었습니다"). 그런데 이 자두나무에 핀 꽃은 자두꽃이 아니라 다시 오얏꽃이다("자두나무는 오얏꽃을 피웠습니다"). 이 지점에서 다음과 같은 상상을 해보는 것도 흥

미로울 터이다. 자두나무에 핀 오얏꽃은 오얏꽃이라는 자신의 정체성을 지키고 싶었겠지만 오얏꽃이 지고 난 후 그 자리에 맺힌 열매는 오얏이 아니라 자두이다. 이러한 상상은 이 시 제1연의 메시지("오얏꽃은 오얏꽃이 되고 싶었지만/오얏꽃은 자두가 되었습니다")와 완벽히 일치한다.

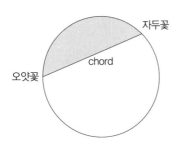

이렇게 보면, 이 시 제3연의 끝은 제1연의 시작과 뫼비우스의 띠처럼 연결되어 있음을 알 수 있다. 결론적으로 이 시를 통해 시인은 특정 과일을 지칭하는 "옛말"과 "요즘 말"의 변화 과정을 생명체의 성장과 순환 과정(꽃-열매-씨앗-나무-꽃)의 비유를 통해 시적으로 구조화함으로써 언어가 갖는 불굴의 생명력을 노래하고 싶었던 것으로 보인다. 그런데 한가지 풀지 못한 문제가 남아 있다. 왜 시의 제목이 활시위를 뜻하는 한자 '현(弦)'일까? 제목의 비밀을 풀기 위해서는 기하학적 상상력이 필요하다. 현(chord)은 수학에서 원 또는 곡선의 호의 두 끝을 잇는 선분을 의미한다(여기서 같은 끝 점을 갖는 호로 둘러싸인 영역이 활을 닮아 활시위를 뜻하는 한자어가 사용된 것으로 보인다). 양끝의 두 점을 잇는 팽팽한 직선의 이미지는 이 시에서 시원하게 직선으로 내뻗은 철로의 이미지를 떠올리게 한다("기차가 철길로 달려갑니다"라는 시구는 유일한 단일 시행으로 이 시의 정가운데에 위치하고 있다). 이 직선의 궤도에는 출발점과 도착점이 정해져 있다. 즉, 시작과 끝이 서로 동떨어져 있다. 하지만 전체 원의 관점에서 보면 이 선분의 양끝 점은 원을 통해 연결되어 있다. 선분의 한 끝 점에서 원을 따라 에둘러 가다보면 선분의 반대편 끝 점에 도달하게 된다. 이러한 순환의 궤도는 오얏과 자두를 사이에 두고 전개한 시인의 언어철학적 성찰의 궤도와 일치한다. 요컨대 언어의 변화 과정은 원융무애의 우주적 원리를 닮았다. 이는 언어라는 주인을 오랜 기간 보좌한 자의 통찰력이다. 이 시에서는 오얏과 자두, 꽃과 열매, 시작과 끝, 과거와 현재라는 서로 다른 두 차원이 긴밀히 길항하며 교호(交互)하고 있다. 따라서 높이가 다른 둘 이상의 음이 함께 울릴 때 나는 소리의 조화가 화음(코드)이라면, 이 작품의 제목 '현(弦)'의 동의어는 '현(絃)'이다.

4

자연은 인간을 향해 무언의 언어를 타전한다. 이 언어에 담긴 메지시는 평등(「아는 이름들이」)과 희망(「전쟁이 그 꽃을 심어주었다」), 순진무구함(「초보 운전」)과 동심(「작은 마을」),

동경(「탄환」)과 그리움(「아이와 강」), 따뜻함(「햇잔디」)과 포근함(「키 큰 떡갈나무 물참나무 아래 지날 때」) 등과 같은 긍정적인 가치들이다. 그런데 문제는, 인간이 이 자연의 언어를 해독하지 못할 뿐만 아니라 제때 수용하지 못한다는 데있다.

    언제 어디서나 들을 수 있습니다
    나무와 풀잎과 이슬과 바람
    황무지 흙먼지 별빛의 언어
    대지와 지평선 새들의 말

    물결은 뭍으로만 치지 않지만
    바다에 출렁이는 물결같이
    기슭에 휩쓸리는 파도같이
    세계는 그대 앞에 펼쳐졌건만

    부서진 파도는 되밀려가네
    허공에 입 맞춘 타는 그 입술
    메마른 입술이 입 맞춘 허공
    병사들, 병사들 모든 병사들

    언제나 무거운 물음같이
    원방(遠方)의 어두운 그림자처럼

언제나 다가서는 질문같이

어제도 오늘도 모든 병사들

　　　　　　　　―「언제나 다가서는 질문같이」 전문

　자연의 언어는 사람들에게 "물결같이" "파도같이" 다가
오며 말을 건넨다. 그러나 자연의 소통 의지는 실패로 돌
아간다("파도는 되밀려가네"). 파도의 입술은 간절함으로
인해 촉촉한 물기 없이 바싹 타들어 말랐다. 이를 시인은
이렇게 표현한다. "허공에 입 맞춘 타는 그(파도) 입술".
물론 인간도 자연의 언어와 진정한 소통을 염원한다. 세계
도처에서 발생하는 분쟁과 갈등의 희생자인 부상당한 "병
사들"은 안간힘을 다해 구원의 메시지를 보낸다. 하지만
이미 희망의 파도는 되밀려간 뒤이다. 이런 비극적인 상황
을 시인은 이렇게 요약한다. "메마른 (병사들의) 입술이
입 맞춘 허공". 이처럼 김명수 시인은 인간과 자연의 불화
에서 세계의 비극이 잉태된다고 생각한다. 이것이 시인이
"언제나 무거운 물음같이" 붙잡고 고민하는 화두이다. 이
시에서 "병사들"은 국가를 위해, 종교적 신념을 위해 "돌
진하고 파괴하고 불을 지"(「병사들 병사들」)른 군인들만을
의미하지 않는다. 첨예한 종교 분쟁으로 벼랑 끝으로 내몰
린 세계의 약소자들, 공인된 권력에 합법적으로 유린당하
고 살해당하는 경계 밖의 '벌거벗은 생명'들, 지중해를 표
류하는 난민 고무보트에서 생사의 기로에 선 "수백명 웅

크린 퀭한 눈자위"(「지중해 두만강」)에 대한 총칭이 "병사
들"이다.

　이 지점에서 시인은 세계의 불화를 해결할 수 있는 근본
적인 대안으로서 '쇠의 자기반성'을 모색한다. 시인은 갓
길에 주차한 대형 트럭에 적재된 "거대한 쇳덩이"를 바라
보며 상상의 날개를 펼친다.

> 녹슬고 흙 묻은 거대한 쇳덩이
> 어디로 옮겨가려 실려 있는지
> 행선지를 알 수 없는
> 중고 H빔
>
> 쇠들은 다시 시작하고 싶었다
> 그리하여 걸었다
> 걷고 걸어서
> 스스로 걸어서
> 하늘, 궁창까지 닿았다
>
> 별을 반짝였다
> 누리가 밝았다
> 환하게 밝았다
>
> ──「쇠들의 행로」 부분

오비디우스는 인류의 역사를 퇴보와 타락의 행로로 해석한다. 기독교의 아담과 이브 이야기처럼 황금시대 이후 청동시대, 철의 시대로 이어지면서 인류의 역사는 점점 갈등과 다툼, 근심과 분쟁으로 점철된다고 본 것이다. 신과 인간과 자연이 평화롭게 공존하던 황금시대가 청동시대에 이르자 인간의 성정이 거칠어지기 시작했고, 급기야 천박한 철의 시대에 이르자 "인간들 사이에 악행이 꼬리를 물고 자행되기 시작됐고 인간은 순결, 정직, 성실성 같은 덕목을 기피하고 오로지 기만과 부실(不實)과 배반과 폭력과 탐욕만을 좇았다"(오비디우스 『변신 이야기』)는 것이 오비디우스의 생각이다. 여기서 김명수 시인은 인간을 타락시킨 주범인 철이 자신의 죄과를 반성함으로써 애초에 놓여 있었던 "궁창"으로 회귀하길 기원한다. 궁창(穹蒼)은 '망치로 쳐서 넓게 펼치다'라는 뜻에서 유래한 말로, 하늘은 단단하고 넓게 펼쳐진 금속판으로 이루어졌다는 고대 히브리인들의 우주관을 반영한 표현이다. 창공에 아름답게 펼쳐진 쇠는 폭력적이지 않다. 이 쇠로 인해서 별이 빛나고 온 누리가 환해진다. 이 시를 통해 시인이 독자에게 전하고 싶은 전언은 이렇다. 원래 자기 자리로 돌아간 쇠가 착하고 아름답듯이 철의 문명(현대문명)은 속죄하고 반성해야 한다. 조포(躁暴)하게 질주하는 철의 맹목은 이제 멈춰 서야 한다. 철을 통해 우리는 도대체 무엇을 얻고 무엇을 잃었는가? 색깔에 비유하자면 "태양 불 피 혁명/이념/

흥분 광기(狂氣) 방화"(「빨강에게 물어라」)의 빨강 대신 정작
우리에게 필요한 빨강은 무엇인가? 시인은 이렇게 답한다.

빨간 풍선……
봄날 공원 길에 아이 하나가
엄마 손을 붙잡고 다른 한 손에
들고 가는 끈 달린
빨간 풍선 같은 빨강
그리고 초여름 꽃밭에 피어나는
눈부신 해당화 같은 빛깔!

볼그레하다
발가우리하다
발긋하다
발그스레하다와 같은
이렇게 다양하게 불러주면 더 좋아요
──「빨강에게 물어라」 부분

시인은 동심으로 부푼 빨간 풍선이 파괴의 욕망으로 시
뻘겋게 달아오른 쇳덩어리를 막을 수 있는 시대, 초여름
찬란하게 핀 꽃 한송이가 이데올로기의 광기로 펄럭이는
투쟁의 깃발보다 더 귀중한 시대, "증오의 꿈과/피의 난취
에서 깨어나지 않았고/전쟁의 번갯불"(「없습니다」)이 난무

하는 세계의 한복판에서 꽃밭에 핀 해당화에게 "볼그레하다"고 얘기할 수 있는 시대의 도래를 꿈꾼다. 꽃잎이 강철의 야욕을 이기고, 나무가 전쟁의 약육강식을 막고, 구름이 무기를 잠들게 하고, 언어가 존재의 가치를 보존하는 시대를 희망하는 것이다. 겸손, 배려, 인내, 절제, 친절, 지성, 체념의 덕목과 더불어 올바른 사회에 대한 윤리의식을 겸비한 자만이 위대한 언어의 집사가 될 수 있다.『언제나 다가서는 질문같이』의 뒤쪽에 자리한「촛불 셈법」에서 김명수 시인은 존재의 집에서 걸어나와 역사의 광장에 섰다.

> 하나가 열이 되고 열이 백 되고
> 백이 천이 만이 십만 백만 되고 천만 되는
> 다시 천만 백만이 이윽고 하나 되는
> 덧셈도 뺄셈도 곱셈도 나눗셈도 아닌 이것
> (…)
> 이것은 순결
> 위대한 인간의 순결이라네
> 그대 가슴조차 열어젖히는
> 이것은 가슴과 가슴의 간곡한 연대
> 인간이 내디딘 장엄한 행렬
> 서기 2016년 인간의 역사
> 12월 위대한 인간의 역사
>
> ─「촛불 셈법」부분

김명수 시인은 우리 시대 갈수록 위태로워지는 존재의 집을 꿋꿋이 파수하는 언어의 집사이자, 더 나은 사회를 위해 앙가주망을 실천하는 민주 시민이다.

柳흸 | 문학평론가·중앙대 독일어문학과 교수

수직을 넘어
수평을 향해
꽃들의 꽃 열매들의 열매
별이 빛날 때 쇠붙이는 불타리라
땅과 하늘 초록과 생명들
그리고 새 아침
시집을 내주시는 출판사 여러분께 감사드린다
또 하나의 싱싱한 폐를 떠올리며……

2018년 초여름
김명수

창비시선 422

언제나 다가서는 질문같이

초판 1쇄 발행／2018년 6월 29일

지은이／김명수
펴낸이／강일우
책임편집／박지영
조판／박지현
펴낸곳／(주)창비
등록／1986년 8월 5일 제85호
주소／10881 경기도 파주시 회동길 184
전화／031-955-3333
팩시밀리／영업 031-955-3399 편집 031-955-3400
홈페이지／www.changbi.com
전자우편／lit@changbi.com

ⓒ 김명수 2018
ISBN 978-89-364-2422-0 03810